ÉPITRE

AUX

NOTABLES.

ÉPITRE

AUX

NOTABLES.

Hîc amet dici pater atque princeps.
HOR. Ode III , Lib. I.

SECONDE ÉDITION.

A PARIS,

DE L'IMPRIMERIE DE MONSIEUR.

M. DCC. LXXXVII.

ÉPITRE

AUX

NOTABLES.

O D'UN Peuple fameux élite respectable,
Qu'appelle en ses Conseils un Monarque équitable,
Ministres du Seigneur, Ministres de Thémis,
Guerriers et Citoyens que sa voix a choisis;
Savez-vous en ce jour ce qu'attend la Patrie,
Et les devoirs sacrés où cet honneur vous lie?
N'avez-vous pas tremblé du fardeau rigoureux
Dont vient de vous charger cet honneur dangereux?
Déja le Laboureur se livre à l'espérance
De jouir par vos soins d'une heureuse abondance;
Il embrasse en pleurant ses enfans nouveau-nés;
Il voit luire pour eux des jours plus fortunés.
Cet être plus à plaindre, et né pour la misère,
Des présens de Bacchus sobre dépositaire,
A soulevé son front : on lui dit que son bras
Ne s'épuisera plus pour des maîtres ingrats.
Malheureux ! dans les champs il devance l'aurore,
De sueur inondé, la nuit l'y trouve encore,

A iij

Et la faim est le prix de ses efforts constans !
La faim, qui sous son toit fait gémir ses enfans.
Mais si de leur destin l'humanité murmure,
Ils connaissent au moins les biens de la nature :
Les campagnes, les prés, les bois sont sous leurs yeux ;
L'astre brillant du jour a des rayons pour eux ;
Quand les infortunés entassés dans les villes,
Frustrés de sa lumière en leurs sombres asiles,
Privés de tous les biens, en proie à tous les maux,
N'ont jamais sous les yeux que leurs tristes lambeaux.
Tous vous tendent les bras, tous vous nomment leurs pères,
Tous attendent de vous la fin de leurs misères.

Dans un rang au dessus, mais loin de la grandeur,
Dans cet état moyen qui promet le bonheur,
Des citoyens zélés, classe utile et savante,
Discutent vivement votre charge importante.
Celui-ci, dont les ans ont blanchi les cheveux,
Semble n'en augurer qu'un succès malheureux.
» L'État, dit-il, blessé jusque dans sa racine,
» Tâche de prévenir l'instant de sa ruine ;
» Sous ce grand appareil il dérobe son mal,
» Mais il faut à sa plaie un remède fatal.
» Hélas ! ajoute-t-il, (à ces mots son visage
» Semble se ranimer des traits de son jeune âge)

» Espérez de LOUIS, il aime ses sujets ;
» Mais n'allez pas former d'inutiles souhaits,
» Et croire qu'épuisé par tant de mains avides,
» L'État puisse alléger le poids de vos subsides. «

» VOIR toujours les objets sous de sombres couleurs,
» C'est des vieillards chagrins embrasser les frayeurs,
Dit un autre, bouillant des feux de la jeunesse.
» Quoi ! tous ces grands Conseils, les Chefs de la Noblesse,
» Devenant tout-à-coup les plus vils des humains,
» Tráhiraient l'intérêt qu'on remet en leurs mains !
» L'honneur ne serait pas leur plus chère devise,
» Et l'adulation habiterait l'Église !
» Quoi ! sont-ce des flatteurs que demande LOUIS ?
» Il demande, Français, nos soutiens, nos appuis ;
» Dans leurs cœurs généreux sa tendresse infinie
» Ne veut qu'interroger l'amour de la patrie.
» S'il n'en croit pas assez sa sagesse et ses yeux,
» S'il cherche des conseils, c'est pour nous rendre heureux.

» SI sa bonté le veut, sa gloire aussi l'ordonne,
Reprend un assistant à peine en son automne.
» Le tems en voile encor les succès incertains.
» Ne nous égarons point en des jugemens vains ;

A iv

» Et croyons seulement qu'un Monarque si sage
» Sait bien à quels devoirs ce grand éclat l'engage,
» Et qu'au sein de la paix créer un tel Sénat,
» C'est d'un grand changement avertir tout l'État.
» Croyons que ce Sénat, étonné de sa gloire,
» Brûle par ses vertus d'en signaler l'histoire. «

D'AVIS ainsi que d'âge ils diffèrent entre eux ;
Mais tous fixent sur vous leur attente et leurs yeux.
Ils vous contemplent tous dans la haute fortune
Qui vous fait défenseurs de la cause commune.
Ils s'expliquent d'ailleurs avec la liberté
Qui sied bien aux sujets d'un Roi plein d'équité.
Mais si la vérité risque de vous déplaire,
Que direz-vous de moi, citoyen téméraire,
Qui m'élance avec vous, d'un pas audacieux,
Dans l'enceinte sacrée ouverte aux demi-Dieux ?
Je m'arrête soudain..... tant de splendeur m'étonne ;
Pénétré de respect, j'apperçois sur le trône
Un Monarque puissant, de son Peuple adoré ;
Des Princes de son sang je le vois entouré :
Quels sont ces deux mortels? quelle grandeur suprême !
Il ne manque à leur front que le seul diadême.
C'est vous, Frères chéris, vous ses premiers Sujets,
L'appui de sa Couronne, et l'amour des Français ;

Un Ministre est près d'eux, puis-je le méconnaître,
Ce rival de SULLI, non moins cher à son Maître?
Au bien de son pays ses jours sont consacrés.
Les tems sont accomplis, ces tems si desirés
Qu'en secret prépara sa sagesse profonde * ;
Ses vœux sont satisfaits, le destin le seconde.

---

* On ne peut mettre de meilleur commentaire à ces deux vers, que le morceau suivant, extrait de la réponse de M. DE CALONNE, au Discours fait en 1783 à ce Ministre, par M. le Premier Président de la Chambre des Comptes :

. . . . . . » Aussitôt après avoir franchi l'espace laborieux qu'il faut employer » à l'acquittement des dettes de la guerre, si je puis parvenir à l'exécution » d'un plan d'amélioration générale, qui, fondée sur la constitution même de » la Monarchie, en embrasse toutes les parties sans en ébranler aucunes, ré- » génère les ressources plutôt que de les pressurer, éloigne à jamais l'idée de » ces remèdes empiriques et violens dont il ne faut pas même rappeler le » souvenir, et fasse trouver le secret d'alléger les impôts dans l'égalité propor- » tionnelle de leurs répartitions, ainsi que dans la simplification de leurs recou- » vremens ; ce sont là mes espérances, mes résolutions, mes desirs les plus » ardens. Ils sollicitent, ils exigent même, si j'ose le dire, le concours una- » nime, non-seulement de la Magistrature, dont la bienveillance est acquise » à quiconque travaille à la félicité publique, mais aussi de tout citoyen sur » qui le sentiment patriotique a quelque empire. Oui, j'ai droit de l'invoquer » aujourd'hui pour moi-même, ce sentiment si puissant sur les Français. Je » demande qu'on ne considère en moi qu'une personne liée indivisiblement au » bien de l'Etat, aussi long-temps que le Roi daignera m'honorer de sa con- » fiance, et qu'à ce titre je puisse attendre de l'intérêt commun, qu'on favorise » mes efforts, qu'on encourage mon zèle, qu'on ait confiance dans mes paroles, » en un mot, que tout conspire au succès de mon travail. Vous en donnez en » ce moment, etc. «

Nota. Ce Discours est imprimé page 388 du tome premier du Dictionnaire des Finances, faisant partie de l'Encyclopédie par ordre de matières.

Quelle sérénité brille dans tous ses traits !
C'est un esprit profond, calme dans ses projets ;
C'est le nocher tranquille au milieu de l'orage ;
C'est Turenne aux combats maîtrisant son courage.
Vergennes, vainement, en accusant les cieux,
La France te demande aux destins envieux ;
C'en est fait, tu n'es plus, et la faux meurtrière,
Terminant tout-à-coup ta brillante carrière,
Efface de ces noms ton nom si respecté ;
Mais la gloire l'inscrit à l'immortalité.

Telle est dans ce grand jour la cohorte imposante
qui rehausse des lis la splendeur éclatante ;
Comme un chêne superbe élancé vers les cieux,
LOUIS avec éclat s'élève au milieu d'eux.
Rien, de l'aveu des Rois, n'égale sa puissance ;
Son crédit de l'Europe emporte la balance :
La gloire sur son règne a versé ses rayons ;
Son auguste alliance est chère aux Nations :
L'une emprunte son bras pour sortir d'esclavage ;
De sa tranquillité l'autre lui fait hommage.
Il rend au monde entier le liquide élément,
Et Neptune a par lui reconquis son trident.
Tranquille et florissant, de sa source féconde,
Grace à lui, le commerce enrichira le monde,

Et n'aura d'ennemis que les vents et les flots.
Neptune, il t'a vengé, respecte ses vaisseaux.
Tant de faits glorieux honorent son jeune âge ;
Du règne de LOUIS, ils sont l'apprentissage.
Mais quel plus digne prix de ses rares vertus !
Quel éloge plus grand de ce jeune Titus !
Des immortels BOURBONS ce rejeton auguste,
A peine sur le trône, eut le surnom de Juste.

PAR son ordre au Conseil venus de toutes parts,
Vous confondez sur lui vos avides regards.
Vous réfléchissez tous l'éclat qui l'environne ;
Vos grandeurs, votre rang, c'est lui qui vous les donne.
De lui vous tenez tout ; et déja ses sujets,
Il vous attache encor par le droit des bienfaits.
De respect et d'amour votre ame est interdite.
Il rassure, en ces mots, votre nombreuse élite :
» Je ne vis, ô Français ! que pour vous rendre heureux;
» C'est le but de mes soins, l'objet de tous mes vœux.
» Oui, j'aime avec transport ce bon Peuple qui m'aime.
» Vous, à qui j'ai fait part de mon pouvoir suprême,
» Et qui voyez de près en tous lieux répandus,
» Ses plaisirs, ses chagrins, la justice et l'abus,
» Si de la vérité vous parlez le langage,
» Son bonheur deviendra notre commun ouvrage.

» Hélas ! mon cœur suffit à mon amour pour eux,

» Et je ne puis suffire à voir tout par mes yeux.

» Ne me déguisez rien, éclairez ma tendresse;

» Plaidez pour mes enfans, c'est moi qui vous en presse «.

Il dit, et tout-à-coup une Divinité

Apparaît sur le trône, assise à son côté ;

Ses habits sont brillans d'or, de pourpre et de soie ;

Tout parsemé de lis son manteau se déploie :

C'est la France. D'abord ses regards attendris,

Avec un chaste amour s'arrêtent sur LOUIS.

Et les tournant bientôt sur l'Assemblée entière,

D'un ton majestueux, que la grace tempère :

» Si quelque ambitieux, dit-elle, parmi vous,

» N'a senti dans ce jour que le plaisir jaloux

» D'avoir sur ses rivaux reçu la préférence,

» D'un cœur frivole et bas honteuse jouissance,

» J'abjure ce mortel, indigne de son Roi,

» Indigne de son rang, de l'État et de moi;

» Trop indigne sur-tout de l'époque si chère

» Où, du Peuple français moins Souverain que Père,

» LOUIS, n'écoutant rien que la voix de son cœur,

» Daigne vous consulter pour fixer son bonheur.

» De ce jour fortuné j'ai vu briller l'aurore,

» Quand dédaignant l'éclat dont l'orgueil se décore,

» Sans cortège pompeux, suivi de peu des siens,

» Il visita les bords des riches Neustriens * :

» Peuple antique et nombreux, à ses Princes fidèle,

» Et que vient d'honorer sa bonté paternelle **.

» Mon génie attentif volait devant son char.

» Là, parmi les transports naissans de toute part,

» Les acclamations, et la joie, et les larmes

» Qu'arrachait à sa vue un plaisir plein de charmes,

» Il sentit qu'il était le Père des Français.

» Notables, secondez ses généreux projets.

» S'il est quelques abus dans son brillant Empire,

» S'il est des malheureux, craindrez-vous de le dire?

» Mon sein n'est point ingrat, et de riches moissons

» Couronnent en tout temps mes fertiles sillons.

» D'un soleil bienfaisant je reçois l'influence ;

» D'un ciel propice et doux j'éprouve la clémence :

» Cependant on gémit ; et tant d'infortunés

» Epuisés de travail, regrettent d'être nés.

» Le fardeau des impôts pèse encor sur leurs têtes,

» Lorsque quelques mortels, dans les jeux, dans les fêtes,

» Dans un luxe insolent nonchalamment bercés,

» Absorbent tous les biens dans leurs mains entassés.

---

* Voyage du Roi en Normandie.

** En lui donnant un Duc.

» Parlez…. Mais pour ses yeux quelles tristes peintures !

» Pour son cœur paternel quelles vives blessures !

» N'importe : il le commande, et c'est lui dont la voix

» Ouvre à la vérité la demeure des Rois.

» Éclatante action qui le comble de gloire,

» Et le place à jamais au temple de mémoire.

» Tremblez, vous qu'il appelle à de si grands travaux !

» Le monde entier vous voit ; Clio tient ses pinceaux. «

ELLE dit : et fuyant comme une ombre légère,

Détache sur le trône un rayon de lumière ;

Semblable à ces fanaux qui du haut des rochers,

A travers les écueils éclairent les nochers.

MAIS, profane, je fuis. Ce grand Conseil commence,

Et déja nos destins sont mis dans la balance.

Muse, prends ton essor ; certaine du succès,

Vole porter l'espoir dans le cœur des Français,

Peins par-tout l'Abondance et sa corne dorée,

Annonce le retour de Saturne et de Rhée,

Et de sages décrets accordant à-la-fois,

La dignité de l'homme et l'intérêt des Rois.

Ce n'est plus de commis une troupe affamée,

Contre les citoyens par des traitans armée ;

Valets, rendant à tous leurs maîtres odieux,

Et de droits modérés gardes injurieux.

C'est une nation qu'un jour plus doux éclaire,

Du Roi qui la défend heureuse tributaire ;

C'est la terre féconde, et payant sans efforts

Ce qu'elle doit au bras gardien de ses trésors *.

C'est ainsi qu'autrefois on vit aux Dieux propices,

L'homme des fruits nouveaux consacrer les prémices.

Annonce aux malheureux qu'ils seront soulagés,

Que d'antiques abus vont être corrigés,

Qu'on va demander compte à la richesse avare,

Que le bonheur public pour jamais se prépare.

---

* Impôt territorial.